風物詩圖

葉丹詩集

謹以本詩集紀念我的外祖母程秋花

目　次　■ contents

輯一　風物拼圖

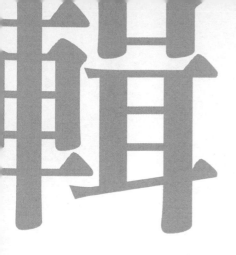

風物拼圖

I

對詩：修琴的女人

入秋以後，山頂露出一間木屋，
「樹葉少於蒙著薄霜的鳥巢。」

我記得上山並沒有固定的路徑。
「視野開闊，痛苦沒有遮掩。」

林間住著位獨居的修琴的女人，
「山下是因欲望而浮腫的人間。」

她的母親留給她一把走音的古琴。
「每晚，我抱著琴才能入眠。」

我在春天愛上了她，曾給她寫信。
「葉落盡時，我拆開有餘溫的信。」

我愛她冰冷的，會發芽的指尖，
「信封裡並沒有結出厭世的果子。」

太遲了，即使愛意未隨季節冷卻。
「如果真的太遲，不如永不抵達。」

母親死後，她再也沒有下過山。
「我害怕雜音，也不擅長告別。」

沒有人見過她，但晚上琴聲灌滿枝葉。
「不如把身體還給這繼承來的落葉林。」

總在虛構的敵意裡陷得太深。
「我曾一度找不到晚禱的理由。」

她志在修補聲音，做弦的僕人。
「修琴，為了不讓母親再死一次。」

點燭定弦後，未來就允諾了她。
「所有的夜晚，都是古代的夜晚。」

落葉因幸福而奔跑，彷彿應和。
「每個聲音因祈禱而飽滿。」

如此的天賦，好像她是伏羲的女兒。
「我在燈下，復你夾著雪花的信。」

2016-9

II

須臾之塔

九〇年寒冬，母親整日進山砍柴
以便來年的屋頂上炊煙不絕。
祖父將成捆的柴火堆碼在舊屋前，
紮得像省界上的懸崖那般垂直。

第二年的盛夏因洪水長期浸泡
而鼓漲，佔據了我原始的海馬區，
恐懼是稠密的雨點，戰時電報般
急迫，洪水進院後輕易邁過門檻，

母親將我抱到穀倉的蓋板上，
她的膝蓋淹沒在水裡。門前的柴堆
竟整個浮了起來，像紙船飄走。
「它們本當經過膛火的烤問進化

為炊煙，去戍邊，給人間溫飽。」
後來聽人說，柴堆堵在了村尾的

石拱橋下，像個巨大的炸藥包。
直到橋頭的石獅率先跳下，劃出

一道黑色的引線。「內心有波動的
青石才會被選來雕成庇佑的獅子，
石匠在刻獅鬃時要避開閃電的日子
線條才不會被折斷。」它從欄杆上

躍下，投身於這汙穢的末世，
它一身黃泥，像穿著件破漏的袈裟。
橋另一頭的柳樹當天也被沖垮，
再也沒有吹拂，再也不會有蔭翳

織成母親的披肩。因絕收而被迫
去省界那邊做工的人帶來新的傳言：
洪峰過境時，新安江異常寬闊的
江面中央曾浮現過一座須臾之塔。

2018-08

III

第二次去黟縣

通往小縣城的公路仍然同上次一樣曲折，
路面起伏，彷彿群山規律的呼吸。
初春，路邊的雜木林好像是剛剛漆過，
被喚起的回憶與警覺的風景偶有重合，
山茶花已攀上枝頭，你初識她時，
她還是流水。她暗示你：群山已經滾沸。
另一邊是漳河，河水湍湍，受驚一般。

快到縣城時，你停車以辨認遠景的虛實：
橫在眼前的山峰因為遠離集權而保有
藍色，它聳立，如一座塔，「是寒流
把它磨尖，日夜清醒。」它的輪廓模糊，
像你的記憶，也披上一層透薄的紗衣。
你竟也無法分辨半山腰諸多的白色
之中：哪種白是積雪，哪種白又是雲。

經山水哺育的清甜釋放在主人奉上的
綠茶之中。「草木初生，衰亡，像音樂

彙集成藍山之藍。」「而藍山仍在升漲，
它的藍也逐年加深。」田埂、炊煙
和藍山都站定了位置，你伸出雙手
和它們一一擁抱。返回時，泥濘的道路
比進山時更曲折了，彷彿山水的挽留。

2015-3

IV

淮河風物研究

那次奔喪的途中，我第一次目睹淮河。
沿岸，楊絮如暴雪飄落，彷彿哀悼。
「彷彿這裡才是雪的故鄉，它們在初夏
候鳥般飛抵。」一如死者堅持死在
黃泥覆頂的茅屋。兩岸的景物並沒有
差別，彷彿它們拋棄了習俗，像廟宇
甘願沉降，坍塌為黃泥而無須自憐。

渡河往北，煤渣是通向礦區的索引，
枝枝蔓蔓，多像肺癌病人的肺葉。
「肺葉的黑比宿命的戳印更具狀，難以
洗白。」「他曾拒絕成為一名礦工，
而無法拒絕黑暗的宿命。」五月的大地
富足，穀漿從土壤中溢出，舍給我
貧窮的親戚。我好奇的是，誰在指揮

這場合奏的管風琴音樂會，纖細的
麥杆竟有如此挺拔的莖管供水流穿行。

麥芒像火苗搖曳，彷彿大地的激情
找到了出口。「這搖擺啊，是門啞語。」
大意是：相似的平原下，相似的火焰。
再往遠處，悲傷的姑媽指著西邊：
「河壩是個完美的支點，支撐著天邊

晚霞，那是天空過剩的欲望。」我卻
看見一片鍍鋅的水域，顯然它融入了
太多殘忍的細節，它將以回憶為食。
我不能滯留此地，我不能妨礙樹冠
茂盛如蓋。天色愈發黑了，汽車像甲蟲
掉進無底的幕布，蟲娥在蛙鳴的煽動下
衝向車燈一如天邊群星無畏地湧現。

2015-5

V

給毛毛的詩

毛毛，請你原諒我仍然不能
將一首祝福的詩寫得甜蜜。
毛毛，十年還不到，曾經照耀我們
過河入林的星星都已焚燒
毀盡，正如那入汛以來的長江
稀釋了我們的親密。
我將接受一段禱文的再教育之後，
乘著那最後一片薄冰渡江
回到皖南，見證你的喜悅。
「誰把請柬折成軍令的形狀，
言辭中又夾帶著初夏的羞怯。」

六月的銅陵蒼蒼如蓋，像鏤空的
綠肺倒置。一座城市折疊
在自己的綠裡，苦練還魂之道，
末了居然依靠一片樹葉
殘存的象形記憶而復活。
「這綠並未因江水的流逝而褪色，

一如我們以灰燼做底色的友誼。」
毛毛，好像這綠是林中一種拒絕
引力的細溪，經木射線的篩選達到
罕有的純潔，就連保管月亮的
沙利葉都曾向我暗示對你的嫉妒。

2016-6

VI

歙縣河西尋訪漸江和尚

歙縣河西，豐樂河和練江像兩隻佛掌
在此處合十，這讓我篤定：你就隱居
附近，將一座山裏作外套，成為山之核。
那次，我見識了馬蹄形的溫馴山脊
驚人的耐力，步道一級一級，試探著
訪客的誠意，又像是與現世決裂的籌碼。
不設防的群山，解凍的山谷，光線
正溫柔地給露水拔牙，水氣上升，完成
對雲的補給，而低處的松枝即將垮掉，

與露水消逝的方向相逆，我感謝它
捨身之教誨。所以，越往高處，身體
越鬆弛，彷彿體內寄居的惡魔因畏高
而退散。我看見了懸崖之下的縣城，
博物館般的縣城，滿臉淤泥的縣城。
披雲亭附近，一隻黃鸝站在最高的枝頭
歌唱，彷彿它就是歙縣的俄耳甫斯，

我的視線托舉著聲音越過蓬鬆的群山
而未消損，像個聲音傳播學的奇跡。

實際上，繞了很遠的路我才找尋到你，
一個隔著幾世的地址，住著一個除封的
藩王，平靜得彷彿從未受到帝國的迫害。
一個是隸屬永恆的畫家，一個是克制的
學徒，卻都是拖著臍帶亡命的人。
我知道，以山水為師，就能成為你的
同窗。「枯枝落地後把身體交還給
古老的母親，江面像秋收後的刀刃般
明亮，你看，江水的姿勢陳舊而猶豫，

它們再也沒有機會回到源頭，直到
它們內心再次修煉至寒冷，變回冰塊，
還要藉助鳥鳴之中滾燙的滑輪。」
近處，你的墳頭乾淨，想必清風日日
撫掃，墓前開闊，適合卑微的星辰
投下自己的白骨，投下抱負的殘骸。
一只橘子是你示我的招待，「我們曾在
江邊偶遇，又在這林間重逢，只為了
我們虛構的友誼能如念珠那般圓滿。」

2015-10

VII

晚景，擬1971年冬的曹誠英作詩

參宿七的隕落導致了獵戶座的潰散，
星軌被一再地塗改，仰望的人
同時失去了角色和對白的靶子。

「我的激情早已碎成了疾病。」
北征的候鳥護送著我的病痛飛回，
好似旺川地底下也有它的根。

成分是世襲的，族徽是我最珍貴的
遺產，區別著姓氏的鄉音和群山
叢叢淡影在暮色中爭奪旱季的暗潮

帶來的消息，出於對溫度的需要，
我垂頭拜土，心繫棉花和馬鈴薯，
因為飢餓裡包含著普遍的真相。

我住的房子那麼窄，需要將往事
對折才能容身，舊籐椅冰冷得
有點拘謹，彷彿它底下被綁的閃電

就要掙脫。昨夜，其他的星來過，
並不能增加命運的暖意，它們
都退去，留下我和閃電一起入眠。

屋外應該高懸著月亮，它曾是我
唯一的婚床，也是我的傷口，
細節埋伏在門外，我不能淪陷。

今晚，雪花從瓦縫間落入灰色的粗布，
我在翻新唯一的冬襖，我推門
去迎它，「雪終於落下，彷彿告白。」

2018-12

VIII

轉山少年，贈表兄吳璐

「如今，我們在不同的城市
類似地夢遊；而回鄉之路
斷絕，被不透風的荊棘綁縛。」
那條路屬於艱辛的九七年盛暑，
為了避免在群山之中沉沒，
你變身為自己鑄劍的瘦騎士，

三十里以外歙縣竦坑中學的
初三復讀生，逢週六放假
徒步回採石村向大姨領伙食費，
沿著山脊穿越鄉界，儘管
山路的語言迂迴到本地的走獸
才能理解，但還是沒能甩開

緊追的暑熱。你是常年在黃昏
巡走的丘陵衛兵，有夕光
反覆鞭韃過的滾燙的脊背。
「有多少條岔道，就有多少顆

緩慢升起的星宿。」天幕
先是紅色，爾後變淡又入濃，

這個變化中，無主的弦月完成了
在各個山澗裡的繁殖，
就好像寄居在石縫裡的石雞
才是月亮隱祕的生母。
在月光普及不到的最後幾里，
你必須討好會發電的螢蟲。

到家時，月光斜照進你家院子，
照亮了大姨半喜半憂的額頭。
那是屬於貧窮時代片刻的溫馨，
那時我還不懂得它的短促，
也未曾發覺到山路是一件容器，
接住了少年消融成滴的背影。

2016-8

IX

豆腐理解

歲暮，我的祖母，一個
平生低卑的農婦，竟會

動用一個私有的星系。
「她對所有的收成愛惜、禮待，

以至於她的手掌
也會像豆莢那樣裂開。」

那些擁擠在水桶裡卵石般的
星球，彷彿是來聽祖母

解經的人；準備脫去囚服，
只求焚身殉道的人。

星球屏住呼吸，它們身體
緊挨著，甚至不能

同時容下兩次回眸。
它們站在曆法的尾韻上，

因為站了一整夜而麻痺，
但終於避免了道場的片幫。

「無論井水的挽留有多甜，
也不能動搖它們赴死的決心。」

它們將在磨盤的轉動中
加冕，換得嶄新的面貌，

並在柴火拷問下吐露，滾沸。
祖母彷彿置身於真實的星群。

「我讚美鹽滷，危險又精準的
指揮家，瞬間馴服了宇宙塵。」

從被囚禁的黃到重石壓出的白，
一顆顆星球粉身，換了形骸

來到它們的理想國，
執著地完成與真理的約定。

當打開箱蓋的時候，

我的祖母，小心翼翼地

掀開包袱，貓著腰細察，

極像一位校對經文的布道者。

2016-2

X

丘陵獵人

你這樣一位內心冰如寒冬的獵人
像是剛從一場災難中生還，
進山時必是黃昏，以便見證自己
飼養的晚霞吞食傀儡般的落日。
「丘陵蘊含著召喚，譬如松針
在林下聚集，依次腐爛。」
「經過即愛撫。」像地圖測繪員，
你能將壓彎的茅草譯作獸徑，

追蹤它，你甚至能聽見小昆蟲
顫抖的觸角。你越嶺翻山，
只為看守那無人經踏過的雪地。
你知道哪裡是丘陵的禁區，
即使不循著山脊線走，你也知道
兩側的小溪將在何處相逢。
就好像你靈魂的白來自那積雪，
你血液的紅來自那稀薄的土層。

最高的那雪山像懸浮在空的島嶼，
並不斷抬高，「虛無又一次
收縮了它的防線。」它沒有稜角
而無法攀援，像回避任何冒犯。
亞熱帶的雪山，彷彿是天使之手
將它調教到形骸無縫地相合，
調教到比純潔還白，白得恰好
無意義，恰好勝任死亡的導師。

雪山藏身雲端而不化，像整晚
在琴房彈奏的姑娘，耗盡了我
錄夢的磁帶。「那麼多星星
刺破頭頂的黑漆漆，與你分享
警覺的夜晚。」天亮下山時，
你是那永遠沒有收穫的錄夢師，
彷彿你就是雪夜訪戴的那個人，
只是迷戀一場未完成的相逢。

2016-2

XI

暮春夜晚的兩種風格

i

暮春，在暗夜之中練習辨聲
成為我新增的一門晚課。

超載的卡車馱著的不論是瀝青
還是即將被植入脊樑的混凝土，

無一例外地，拖著疲憊的車鬥
朝我睡眠的淺海裡投擲礁石，

似乎是要試一試我焦慮的深淺，
試一試舵手的耐心有多少存餘。

扶著窗簾縫隙漏進的光柱起身，
我看見：路燈的數量沒有變化。

連夜的激戰，都不曾出現逃兵，
「它們早已適應了漫長的黑暗。」

ii

我時常回想往事，好像所有的
回憶都包含對自身處境的憐憫。

想起在失意的皖南，統治暮春
長夜的聲音有以下三種：

晚歸的人掀起的狗吠，蛐蛐
求偶的叫喚和一畝畝的蛙鳴。

「聲音如果不是山體幻化而來，
那山巔為何一年年削低了。」

那些鄉居的日子，我很晚睡去，
直到蘸滿幸福的露水形成；

我很晚醒來，常常因為母燕回巢時，
泥穴裡的雛燕發出的那陣陣騷動。

2016-2

XII

塵埃的祝福

每日出門，我都會被現世的淺薄
煮沸；回家後，無處不在的灰塵
竟能讓我平息。它們落在地面、
桌面，甚至是家具細微的雕飾上。
它們有的能一眼被看見，而細小的
用掃把聚攏後才顯眼。彷彿我就是
那個最合適掃灰的肅穆的僧侶。
像祖母秋收之後在自家院子裡
聚攏月光，給回憶的燈芯減壓。

漸次，我認出了這些塵埃，它們是
我家穀堆的金字塔上揚起的稻灰，
鄉音之弦繃斷後祖父口音的碎末，
尼姑庵傾塌後被鳥鳴磨圓的磚粒，
夏日雷霆虛擲的巨大陰影之焚灰，
被竹篙梳順的新安江河灘上的散沙，
九一年洪峰水位線風化的紅漆，

那年因稻虱絕收的稻葉之灰，母親
坐在田埂上哭泣時褲腿上無名的泥巴。

它們躲過了雨點的圍剿，避開暴雨
濺飛的泥濘，在萬千之中找到我
這片脫落飄零的葉子，彷彿我和歙縣的
山水之間仍有一條隱形的臍帶。
它們繞著我的膝蓋落定，我把它們
積聚起來，倒進我語言的空瓶子。
雖然它們的頻繁出現證實了故鄉的
陷落，但我更願意把它們的不請自來
理解成故鄉對我的不曾間斷的祝福。

2015-6

XIII

枯榮的恩典

「像一截繩子鬆垂。」一則死訊
引我返鄉繼承她綠的王位。
從潛口下高速,抄近道將縣城
甩在身後,過了江村,就沿河
北上,鄉道彎曲,似在遷就
地圖。水流如野馬,肢解了群山
之寒氣,所以說桃枝的沸騰靠的
不僅僅是人獸共用的鄉村醫生
在每一朵花苞裡嫁接的馬達。
「水白白流走,無法稀釋的悲傷。」
可能是因為動情過度,被春水
馴化的鵝卵石無論是公是母,
都縮在自己不標準的橢圓裡。

去冬被捆紮的枯枝之間冒出的
新芽,從不為自己祈禱的野花
正是歙北初春不改的配方。
就像這裡變暗的一切仍然愛我,

為我的缺席辯護，清澈的倒影
還保存了幾幀我揮霍掉的童年。
倒影裡也有我陌生的表舅，
貧困曾衝破他的軀體在舊外套上
留下補丁，面對過太多的死別，
他一臉平靜，低頭走在送葬的
隊伍中。過長的隊列也讓我困倦，
那晚我睡得很早，茶葉梗做的
枕芯為我準備了蒙恩的茶季。

2017-06

XIV

夜宿涇縣青弋江畔

i

我們扶著晚霞到涇縣，作為歷史
安插在細節之中的眼線。

安頓之後，夜色已填滿了兩岸
空蕩蕩的，正在受刑的村莊。

白月初升，毫無悔意。
它凝視過所有世代的夜晚，

我終於理解喪失家園的人
為何格外地珍惜月光。

半夜，有霧氣從江上飄來，
彷彿江底有顆心靈正在沸騰，

就好像霧是它最極端的表達，
無畏地從窗縫擠入屋內。

霧早飯後才散去，群山現出
側影，近處的一隻畫眉在枝頭

浮動，修飾著自己的面容，
彷彿這風景就是它的梳妝臺。

ii

青弋江，這裸露的少女，
她不分晝夜地細聲湧動，

以盲目的獨白拷問著
主宰中國的固執的秩序。

她刀鋒一樣晃眼的身體，
和昨夜自投樹杈的星辰

一樣，屬於尚且完整的禮物。
我知道：往北兩百里，

她將戴上枷鎖，在中江塔的
注目下衝入被焚身的長江，

衝入這人間的深壑。
又是一次捨身的教誨，

指引我走出持久的幻覺
來到擠滿罪人的河堤上，

等待審判我們的人
帶來命運的黑色信封。

2015-11

XV

友誼的觀眾

入秋以後，桃花潭搖擺著自己
漸涼的身體。而遊客多如支流
匯聚在這裡，證明引力從未失約。

潭水那麼深，沒有辜負友誼的
海拔。「水有多深，友誼就有
多堅固。」白雲飄忽，彷彿

告誡，詩人才是它最般配的騎手。
我從天空俯瞰，水面上一道波浪
被輕風來回推搡沒有絲毫減損，

彷彿能量不曾從波浪中散溢，
它因為友誼的知名度而獲得特赦。
這道波浪通過白雲的倒影時

也沒有將其弄皺，那是畫眉的
巢居，今晚我要趕到那兒投宿，
雖然它看來像是潭水的補丁。

作為補償，我扮演語言的助手，
濾出懸浮在水中的苦澀和欲望，
撿起一道沉入潭底的畫眉的飛影，

破解淤泥裡的詛咒，注入語言的
處方：仁和恥。天幕拉黑以前，
我須從潭底浮出，化身友誼的觀眾。

2015-8

XVI

獨遊銅陵縣老洲島

幾乎是不能回絕的一次遊訪，
彷彿我不止一次收到過邀約。
站在甲板上，我緊盯著水面，
以便返航時仍有跡可循。
遠遠地，環島的楊林好似圖釘
將這艘擱淺的巨艦鉚在江中央。

「你成為兩條激流之間的人。」
島上平靜，像張翻拍的舊照片。
環布青蕪的魚塘點綴著小徑，
雲朵高懸，一縷縷，性別分明，
有的穿裙子，有的露出喉結。
「但所有的樹葉都屬於季節性

湖泊。」與江相連的沼澤降服了
長江的餘湧。經暴曬，析出
上游之恥。路邊比人高的梔子樹
因為接住了從防風林之牆

滑落的鳥巢而繼承了島嶼

全部的馥鬱。「像一次回眸。」

路兩側的農人，忙於移栽新苗，

他們弓著背，如土累地，

又像是魚的後代，躲在汗水裡

喘息。在島的西端，江心洲卸下

上游疲憊的沙粒，堆積，

一層一層，「好似河神的指紋。」

我在沙灘上破譯了上游水手的

口信，領會了他一生的渴意。

這易於傳染的渴也尾隨著我

一整個下午的獨行，直到傍晚

我向雜貨店旁變形的郵筒辭行時，

它塞給我另一封無法下嚥的

囚徒寫的長信。乘暮色渡江時，

我感到信的重量在減輕，

像個泥俑，彷彿悲喜的字眼

都被江水刪減，只剩下

刻在骨架上的遺言。「擺渡人，

快快借我你那不腐的木槳。」

2016-7

XVII

失落的女巫

自從腿落下殘疾，她鮮與進城
做工的婦女來往，避免失落
被交談放大。秋收之後，
她整日流連收割完的稻田，
「總有遺落的稻穗，多得像
兩鬢白髮所牽動的悲哀。」

幾乎每一次，她都將身體折彎
到極致，有時索性跪下，
像是服軟，彷彿低頭就能獲得
蔭翳，又像是報恩，「簡單的
重複之中我終於明白為何
我所見的石佛大多是斷了頭的。」

那只蛇皮袋像是裝滿了星宿，
「重量僅次於她的呼吸。」
這疊加的重物分擔了她的病痛。
「它們從未後悔在此間墜落，

就好像田野是星星的遊樂場，
而稻茬是唯一的暗道入口。」

直到暮色變成她不合身的外套，
她回到伏在寒露之下的屋頂，
等待月亮懸高時似有規律地
鋪開那些經她之手打磨過的穀粒，
那一刻，她多像名女巫
瞬間就復原了那張失傳的星圖。

2016-9

XVIII

少女建築史

〇三年，屯溪的雨仍是一種甜食。
那天，成群的鉛色雲朵之下，
你在巷口接我，石條被簷水
沖洗得發亮，彷彿本地剛經過
一場騷亂。實際上，小城平靜
連石縫之間盡是四鄰虛擲的
時間之灰，甚至沒有旅塵。
你說那就是你家和燕子合租的

半棟徽式老宅。外牆黑乎乎的，
好像瓦片是位不肯懈怠的染匠。
「燕子剛外出謀食，巢似有餘溫。」
穿廳堂而過，樓梯折疊了你
潮濕的鞋印獲得了幽暗的格調，
可是你利索地登上二樓緩衝了
它的逼仄。「全是骨架的房子，
真空的燈代替了實心的火焰

撐起了半棟樓裡成捆的黑暗。」
書桌的四隻腳要用你的步調
搖勻，無論卡帶擺在怎樣的位置，
都不能阻止歌詞和浪漫派詩人
自如地棲身那自甘黑暗的房梁。
格子窗外，雲取代了水塔
給天井中的青苔扮演失職的句芒。
我看見了簷溜中間的分水嶺

和黑色的正逼近我們的雪崩。
「我視其為告別的預示。」
此刻，我在記憶變皺之前留下
拓片，而你在松江的新房內
讀這首詩，四壁白得讓我相信
它和我當年所見屬於同一次雪崩，
它將我們拆散，又個個合圍，
將我們困在這嶄新的廢墟上。

2016-10（贈李淑琴）

XIX

梅山往事

i

我曾寄居梅山三年，在比你家
略低的山腰，學習在紙上占卜。

我喜歡你把石榴花鑲在指間的
天真，也喜歡你情急之中吐出的

結巴的歙縣方言，而屯溪的雨
多於日出，但好在積水純淨得

很絕對，連倒影都清晰過老師
心虛的無神論。也沒用任何技巧，

山頂上退役的鐘樓支起了水氣
搭成的山體，我站在樹和影的

默契裡等你，綽號就是暗號，
就好像我們早已經學會命名。

ii

這些年，我幾次繞道經過梅山，
那面陡坡並未因記憶的模糊

而絲毫徐緩——「把自行車
喚作鐵蝴蝶算不算一項發明。」

後輪甩出的水的虛線，像我們的
尾鰭。「兩條下山游泳的魚。」

白天，我們汲汲埋首，以免
課本中的真理在我們手上發霉。

晚上，至少有兩盞燈在梅山
傘狀的幽暗中跋涉。但零點以後，

火必須熄滅，我們要把溫柔的
黑暗還給枇杷枝椏之間的鳥巢。

2017-1（贈胡頎）

XX

初秋周日逛增知舊書店

六安路一帶盛極一夏的法梧
率先截獲了入秋的信號，
就好像季節仍然是法定的。
「樹葉本是不著一字的曆書。」
經秋風的幾番指點，它卷起
牙齒，學習了舊書的枯黃。

凌亂如一張草圖的省城
比以往更寒冷，但這舊書店
仍然是一處不凍港的遺址。
溫度的奇點，取暖的人圍著它，
反而扶直了火焰的腰肢。
「擺渡的人多像診所的導醫。」

所以有病癖的人聚散於此。
畢竟這是租來的天堂，式微的
天堂，過道比處境更狹窄；
「但書砌成的龍骨不會垮塌，

即便這是河流停頓的年份，
即便這是綁著繃帶的病船

也拒絕在寒冷的深淵沉沒。」
因為書頁裡不僅有分歧，
還有一代代良知撰寫的禱文。
那鉛字沉穩，如磚塊堆積
成塔，讓我見識這人間的寒景
如何反過來拷問我，羞辱我。

2016-8（贈朱傳國）

XXI

小南京

機緣開始於被一場雨隔成兩截的
黃昏，飯後，我照例四處走走，
通過異鄉草木的紋理來辨認自己。
小南京臥在山坳裡，不間斷的
鳥鳴隔著卑微的田野遞過來，沒有
減損。那些布穀、喜鵲、斑鳩
散布在雜木林中，好似一個不會
發光的星座懸在我耳蝸的穹頂。

繼續往山裡走，路面出現了坑窪，
像一截盲文，尚且可辨的嫩綠
擠壓著道路，夜色說暗便塌下來，
不給外鄉人適應本地黑暗的機會。
「是聲音的堆積讓道路變黑，還是
神的隱退帶走了可貴的光線。」
始終，我都沒能找到一隻鳥，
但慢慢地，我聽出了鳥鳴裡有

一座倒塌的寺廟和數間空的穀倉。
返回的路上，月亮升起來了，
像明晃晃的槍口埋伏在丘陵之間。
丘陵的輪廓清晰、漆黑，像
鍛造物，這有賴於兵法的養育。
山脊上的樹木緊密，像一把馬鬃
般直立。當晚，我睡在偽裝
成穀倉的房間裡，遮罩了時局的

干擾，我聽見了枕頭底下有蟲鳴，
有空的地窖，也有數條暗流交織。
所有的遇見、交談和饋贈都將
沉降，累積成腹稿。有時，從夜的
殘局中驚醒，我會反覆聽那晚
在林間的錄音，那些彼此覆蓋的
鳴叫，越聽越覺得洪亮，個個都
動了真情，越聽越像是在哀悼。

2018-7（贈周克南、黃磊）

XXII

有風的冬日觀麻雀覓食

這群小麻雀沒有覺察到隱形的造物主
永恆的呼吸，也不知是時代之惡

攜走了散布良知的樹葉，只顧低著頭
搶在大雪之前覓食，像一枚枚鎳幣

向前滾動，彷彿排隊領取一份聖餐。
細尖的喙像犁耙般撬開堅硬的車轍，

掘出一些從卡車上遺落的麥粒，
一些被寒氣浸泡得發脹的麥粒，

它們仍須將穀粒之甜與泥土之濁分得
兩清，儼然一處野外考古的現場。

這群一心啄開農業結痂的小動物
低頭不語，彷彿一隊送葬的人。

一輛卡車從遠景中駛來，驚擾到它們，
它們像樹葉一樣準確地落在枝頭，

彷彿有根繩子將它們全部拽回樹上，
彷彿那棵枯樹便是它們沉默的母親。

2015-2

XXIII

雪梨考

廢黃河像截可以重複點燃的
引線,葬送過多少個碭山
失意的落日。但是,甜引我至此,
「是淤積的沙濾去了黃河的

酸楚。」尋到良梨鎮,鄉道難以
消化那麼多外省牌照的貨車。
梨園隔著車窗以五碼的速度
堵在視線裡,像苦役那般看不到

盡頭。不如停車,走進林中路,
看光線如何穿過葉隙的針眼
落入地面,比克林姆特的技藝
還要精湛,陌生的梨農邀請我,

在他的焦慮裡,所有的枝幹
忍受著引力的權威,見證

甜的極限，將一座座袖珍湖泊
舉在半空，拼成全新的星座。

「它們因為來自雪而冰潔，滿是
前世的風格，天空肥沃，逢四月
就賜一場暴雪給本縣的農民。」
「這尤物落地之前先赤身於空中婚床，

它越赤裸就越貞潔，才能衝入
輪迴的磁場，等待阿多尼斯來複盤。」
雪是一種來自殉道者的願望。
「像今年這樣流星頻仍的年份，

梨格外得甜。你若是上樹的話，
要牢記兩點：梨必須手採，
不可墜地黏土，摘果子的人也需
禁欲，以免果肉如棉絮般鬆垮。」

2018-12

*　克林姆特（Gustav Klimt）：奧地利畫家，畫以繁複著稱。
** 阿多尼斯（Adonis）：希臘神話中的春季植物之神。

XXIV

豫皖省界研究

「旅行的路線全由季候裁奪。」
追著黃河東下，打算從夏邑
入碭山，對電子地圖的順從
可以理解為詐降，沒有山河
做天然的界，更別提幾無差別的
地貌、民居和口音。「是貧窮
模糊了兩個縣兒童尿跡般
難以取直的界限。」像兩隻水母
擠壓各自的裙擺無縫地吻合
而且絕沒有絲毫地重疊。
出於信任，一堆雜交黑楊原木
邀我停下：「它曾是最廉價的
豎琴，齊得像是本縣年鑑的書脊。」
殘枝自棄於一旁，像是博士後

用過的史料。「黑楊曾是桅杆，
被插入泥裡，在異國發芽然後
繁殖。」本地的農耕仍近似原始，

這讓我懷疑此地是神的居所，
「實際上，神只在瞬間逗留。」
苦役之中的順民，彎腰，祈求
果腹之物，佔用了半幅縣道，
不停地為一次次競速比賽而揚臂，
穀物在旁觀者的疲憊中被掀起，
等待著風速去度量，等待秕穀
擬合成新的邊界。「變化即是
篩子，託付風取捨。」此刻，只要
我凝神，便能感到遜位的神伏在
秕穀的自卑裡，主宰著我的呼吸。

2018-12（贈閏今）

XXV

冬日吳大海觀巢湖

那次在漁村吳大海，我學會了
兩樣本領：傾聽和惋惜。
山路的曲折彷彿在提醒我們
可能來到了語言的邊陲，
湖灣像一張弓，蓄滿了拓荒者
投身漁業的激情。遠遠地，
耳道之中就被傾注了波浪
投擲過來的數不清的白刃。

向南望去，視線穿過樹枝之網
落入湖面，樹條搖曳，不知
是因寒風而生的顫慄還是
因為夜巡的矮星霸佔了鳥窩。
所以通往湖邊的小徑滿是枯枝，
踩得作響，像壁爐裡柴火的
爆裂聲。「枯枝，輪迴的抵押物。」
響聲持久，和祈禱一般古舊。

「無論你對沙灘的誤解有多深，
都不會削減波浪的天真。」
湖底彷彿有個磨坊，浪托舉著
不竭的泡沫，像個女巨人
翻開她的經卷，續寫每個
何其相似的瞬間。「鑲鑽的浪花，
是一種離別時專用的語言，
彷彿告別是它唯一的使命。」

最後，暮色混入了愉快的交談，
我們起身時，注意到了星辰
隱祕的主人，髮髻散亂的稻草人
獨自回到石砌小屋，飲下
一次追憶之前，他指揮群星升起，
他並不打算將口訣教授予我，
直到我寄身山水的執著賽過湖水
億萬次沒有觀眾的表演。

2015-12（贈黃震）

輯

雜事詩

三

孤山擬古，寄林和靖

我已回鄉多日，想必清貧的
先生也只好退回西湖。
「整個國家都浸泡在稅賦之中，
而只有西湖是免費的居所。」

那日，我拜訪孤山，想請教你
植梅的手藝。石碑上新發的
青苔暗示我：你出了遠門。
兼職門童的鶴落在亭尖告訴我，

你是連夜出發的，回江淮防洪。
「像還一筆年輕時欠下的債。」
「築堤不如給積雨雲做扳道工。」
「入伏以後當月夜翻耕，

鋤開月光的瞬間完成扦插，
開出的花才能雪般白，還要
種得整齊，如韻腳一般。」
它高傲的樣子頗像台起重機。

它還說整個七月，它都不曾
飛出孤山，因為不忍心
對著發胖的西湖照鏡子。
做錯覺的幫兇。「月光落在

枝頭，像層薄雪。」話音停駐
在你墳邊的一截枯死的梅枝上，
它在梅季長出了野菇，彷彿
你經手之物朽爛後仍有奇力。

2016-7

仲春的瞬間直覺

驟雨過後，樓下的梧桐

從節令那裡繼承來的綠

更新鮮了，彷彿一位天空拓荒者

無怨地鋪展自己

尖狹的掌紋。這般景致

和我因襲的貧乏極不相稱，

多麼讓人遺憾——

像許多年以前的某個冬夜，

夜那麼黑，辜負了初雪的白。

2016-4

迎新詩

好幾次，在胎心監護室外，
我曾聽見你有力的心跳，

你在羊水裡吐泡泡，咕嚕
咕嚕，彷彿水即將煮開，

你也有一顆滾沸的心靈嗎，
覆蓋我的小天使，

你多像媽媽從瓶裡倒出的祕密，
是你讓我更愛這衰變的烏托邦。

我只準備了一只倒扣的
漢語之缽，你要自己撬開它，

它的空將餵養你長大，
像媽媽這樣，像爸爸這樣。

2016-9

復活節，回贈葉晚

兩歲以後，小斑馬每晚銜著月亮
過河之前都要問松鼠夢境的深淺。

尚有精靈護體，你眼球的湖泊澄澈
彷彿教化，入睡後，我常聽見它

尖尖的足音。你說的沒錯，「發願
去採掘，每棵樹底都有兩隻恐龍，

而灰兔子多吃白菜就能長成白兔。」
「風是稻草人的家，光是樹冠的

麵包。」夏天的樹冠生綠色的鏽，
到了冬天變紅，落葉墜入你的手

何嘗不是個好歸宿，將它放入鳥籠，
明年化為飛鳥，則算是一種福報。

下雪那天，你說「爸爸抱」並踮起
腳，為了在雪片落地前向它追問：

「你將是誰？」只要疫苗仍然是無效的
模具，你就會繼續保有重新命名的

特權，繼續改造這繃硬的世界，
好讓爸爸覺得每天都是復活的節日。

2018-12

孿生的黑暗

暮色，像伏兵，夾帶著
被電流追擊的魚群滲入室內。
黑色漸漸變濃，像圈套
一點點收緊。我在屋內
逡巡，像個面臨潰堤的看守。
「你的膝蓋比堤壩更需要繃帶。」
魚群繞著我的膝蓋遊弋，
伴我一起避難，彷彿它們
是我未曾相認的姐妹，
和茶几上的核桃一起，
彷彿我們來自同一枝多病的果木。

半夜裡我剝核桃，填補我
無核的軀體，球面的道道歧途
滿是引誘。「讓人驚歎，
一種骨頭等於它自身的法器。」
「還有僧侶避在黑暗中打坐。」
「雖然只有發光的星球才有浮力。」
我逐漸明白，我的居所

是另一種核桃，裡面同樣漆黑，
像是往日陰影的總和。

2016-6

虛構的傳記，宋教仁的隱居生涯

上海和北平之間，有一輛無法抵達的專列。
一顆改變時局的子彈中斷了民國的發育，
「子彈，不像刺客般善惡兩立。」另一種傳記：
你回絕了死亡的召喚，這近乎僥倖——
你獲得重生，彷彿是黃興為你杜撰了遺言，
為的是讓你體驗一個國家完整的死亡。

一個受刑的帝國在春風中虛胖，延綿千里。
那日清晨，籠罩閘北公園的霧濃如哀悼，
我從人群中認出了你，像身處地獄的人
一眼認出了火把，你仍然三十出頭的樣子，
老派的鬍型，手持一份遲到的議案，
如一艘沉睡百年的潛水艇敲擊覺醒的海面。

一個奔赴死亡的勇士舉著火把在地獄穿行，
你談及你心中的三根羅馬柱已經塌毀，
「流水、假山和鳥鳴也長成新的形狀。」
你向詞語走來，彷彿詩就是你的終點，
彷彿一首詩就能給你的火把續足燃料。
你把另一隻手從兜裡拿出，試探帝國之寒：

「免得凍傷我口袋裡的鯨魚，因為公園
以外的任何景物都沒有才能表達自己。」
「很難說，黑暗的時代仍可能持續很久，
但我對時間之公正的信任從未動搖。」
我幾乎聽不懂你濃重的湘音：「夥計，
時間不早矣，通往地獄的路已經為你鋪好。」

2015-2

六月一日的英雄輓歌，紀念儲安平

五七年六一，你撤換了頭條的風景，
好像語言的奇跡從不依賴口號的表演。

你走向英雄的位置作為對理想的補充，
彷彿僅憑激情的語言仍有漏洞。

你讀懂了命運的暗示：那張反對票
背書了你的結局。真理不疾不緩，

向你展示了它的倒刺：各形各色，
彷彿靈魂的調色板。國家的殘破

也能印刻在人群冰冷的臉孔上，
人群圍觀你的囚車，看樣板戲般

亢奮，而他們不知獨裁者的肖像
就要墜地，因為集權之釘已經腐朽。

春天像刺客，來去皆不打招呼，
瞬間就沒了形狀，花的紅和柳的綠

都來不及為你的遺照布景，陰影中的
紫禁城側翼越來越黑暗了，你化身

一截鎂條，劃破了共和帝國的虛空，
彷彿那一刻，真理是它自己的燃料。

2015-6

夜晚的未來學

遷居以來，你啟用新闢的航線返家。
「要加倍提防，本地的天堂和地獄
被惡意地互相嵌入，難以辨認。」
謙卑的螺旋槳推著運送西紅柿
和信件的駁船，避開了全部的礁石，
彷彿你隱瞞了你曾是大副的經歷。

「先生，為了克服偉大心靈之間的
引力，上樓前記得為您的指紋消磁。」
如果你和語音提示的默契還能容下
一枚鑰匙的即興探險，試一試
手氣，作為回報的風景，穿堂而過的
風為你掀開一頁屬於未來的夜晚。

邁入門檻，即便是短暫地潛伏廚房，
天空也已將你納為它的一部分，
偽裝成樓群的硬幣像教育的反面
教材，偷襲了花園。「樓群如屏風，
遮不住書齋般寒冷的夜晚，就好像
城市願意把未來交給地平線擺布。」

你的刻薄也讓七點的風景失去了耐心。

等不到八點，你的使命會發生轉變：

你被派駐到書房裡，翻找流星的遺骸

以填補英雄的空塚，就好像你已經

接受了永恆的邀約；就好像你早已

知道，未來對我們到底有多麼挑剔。

2015-6

間諜的語言學

間諜，就像是藏在敵人心臟的麻醉針，
每一次動靜都牽動著戰爭的潮汐。
他接受了身體與語言的雙重流亡，
「間諜是灰燼的藝術。」像稻草人
偽裝一番後，隻身趕赴秋後的火場。
「你胸中的密碼本必須躲過火苗的
盤查。」彷彿他成為消息的人質，
又在消息之中歷險。「以什麼樣的
口吻談吐才不會露出革命者的馬腳。」

他每講一句話往往要用到兩個聲部。
比如，和敵人慶祝一個悲傷的消息，
像同時在兩段迴異的旋律下舞蹈自如。
他常常在深夜拜訪一位守寡的女人
來掩護自己，吹一支藍色的口風琴，
彷彿琴聲可以為他的電臺充電。
「漆黑的閣樓，彷彿憂傷的鴿子。」
他在閣樓編織密電，接受黎明的拷問，
結果在他的面具下搜出雙份的鄉愁。

遞情報儼然是在刀鋒上行走，難度
不亞於一位劊子手藏著一把提琴
穿過刑場的人群。經磨損的情報
在無線電波的傳遞之中被國境線干擾。
「消息因時間快速地發酵而走形。」
他寡言卻理解了世界，似乎他讀懂了
世間的每一門語言。彷彿他就是語言
派駐人世的使者，只是為了試一試
疾苦的人間，水有多深，火有多熱。

2015-6

格陵蘭的天使學

那麼遙遠的北極島嶼，幾乎繃斷了我
想像力的韁繩。「格陵蘭，潔白得
像個好姑娘。」一座字面上翁鬱的島嶼，
讀得再慢一些，就是天使的故鄉。

雲層般的冰川，像一部空白的情書，
卻留下了玫瑰的序言。冰川一邊溶解
在海上，一邊正在形成，彷彿天使的
呼吸，彷彿格陵蘭就是韻律的女兒。

她理解了冰川的未來，常常信任
一塊浮冰像坐在鯨背上，祈禱極光。
彷彿冰是天使獨享的書籍。「冰層，
活頁的大海，被語言穿釘在一起。」

不眠的夏日，內心的充盈讓她有力氣
拒絕黑暗，白晝連續得像瀑布一樣
無法被地平線剪斷。格陵蘭連接起
大海而變寬大。「但是雪無論落在

何處，都是落在天使手掌的宮殿上。」
一座內陸湖向你漫遊，恢復了中斷的
航線，寄居在紙上的我加入滾沸的
潮汐，抵達時也不過一道冰冷的微瀾。

「雖然這幾乎動用了地球全部的熱情。」
我目睹冰川保存的完整記憶，獲得寬慰，
我要向海水學習，擁有你而從不炫耀。
「回憶如冰川般鋒利，像美永不腐敗。」

2015-7

時差的友誼學

像一張立體地圖，你的登山包
混裝著銅梁和密西根的風景、土豆
能同時作為食物和貨幣的西海固
以及一位民謠歌手發胖的憤怒。
你曾違背了迷途之人的規勸，
冒著疆用航線縫補了友誼的時差。

「變矮的巫山切割了重慶，南邊是
戲臺，北邊適合作烽火臺。」
記憶像壩區的水面，逐年抬升：
「沉默的巫山像浸泡過的草紙
風化得過快，中風病人般鬆垮。」
此刻，你回到密西根這樣寫下。

「那鬆垂的緯線，好像正是我們
交替值守的並不嚴密的戰壕。」
我所見的晚霞和你所見的朝霞
好像正是同一塊幕布的兩面。
兩邊的差異足以證明世界是斜的，
好像東半球的局部洩露了底氣。

昨夜，地球轉得緩慢，似有
心事。西半球夜空紮堆的星星
被包紮月亮的繃帶打磨得發亮。
窗外，入贅美國的三峽鳥啼
照樣喚醒你指甲裡的十座巫山，
前提是潮汐在夢魘裡獲得特赦。

如果淺湖裡的雪能如約地消霽，
你定會看見去年夏天我們
相聚時遺落的那只喝醉的酒杯，
它不知疲倦地叩問那無辜的
湖岸線，就好像漣漪不停頓地
迭代就是友誼不衰的祕門。

2017-1（贈葉曉陽）

復刻一個夢的片段

夢境中的六隻鶴引我仰頭注目，
我赤條條站著，像是在一只甕底，
看著它們傾斜著飛向高空，
好像天宮有神仙緊急召喚，
還有伺童正對著一支香柱讀秒，
它們整齊地擺動翅膀，似乎在人間
它們有過嚴苛的自我修煉，
彷彿這幾隻鶴就是從甕身的圖案中
掙脫，直直地飛出了鏡頭。
彷彿它們的翅膀是天空的拉鏈，
被封鎖的天幕灰暗如釉。

第二幕，相同的機位。
六隻鶴返回向我靠攏，飛機一樣
逆時針盤旋。這讓我想起童年
烏鴉在傍晚時分繞著殘破的屋頂
俯視人間。這六隻鶴合圍成的
六邊形出奇地精準，彷彿
只有這樣它們才能衝破磨難的肉體
變成十二隻，二十四隻，更多。

旋即繞成一級一級的鶴塔，好似
為了打撈我這艘浮世的沉船。

2015-7（贈曹僧）

像還願詩

親愛的觀世音菩薩，好多年不見。
那年，我追隨一朵地獄之花
到過阿鼻地獄，過盛的痛苦
像雨季的鞋底上無法甩掉的泥濘，
謝謝你出手贈予我詩的雲梯。
如今我所求不多，在別處找到了
一張寬容的紙磨洗我的口音，
像夏日蛙鳴撫慰我受損的耳力。

這幾種聲音掀動著往事的細節。
一如舊日無辜的星辰已被謠言
擊落，墜入廟亭對面的山裡，
之後發了芽，長成閃電的親戚。
每日我的碗裡總有一塊殉道者的
遺骨，它總是刺痛我的喉嚨，
「如同那些難以嚥下的過往。」
為此，我養著一片薄冰供奉它們。

今年的秋天來得比預想的要早，
彷彿召喚。「夏天會有終結，

而秋天沒有盡頭。樹葉裡的
海折舊了，因為造物主在秋日的
林間早就安排了無數的告別。」
「有一種必然驅使著我們。」
電話裡，外婆說你住的山澗裡
清泉由於受到感化恢復了流暢。

「水從它自己的身體上流過，
撞擊著虛空，直到冬天來臨。」
綠一度在泉水中遜位，它是農民
擁戴的皇帝。溪水像琴弦一樣
繃緊，茶樹成行地抄襲了琴譜。
醉酒的飛鳥和稀薄的流雲隨之起伏，
但它們屬於不同程度的渙散。
「積雪獲得你的安慰而不曾潰散。」

我能想像電話那頭的外婆弓著腰，
彷彿她一生都在向你致敬，一生
都在擔心那些隨時失靈的禁忌。
「所有的禁忌都是對人性缺陷的
彌補。」謝謝你看在她的份上
才把我收為嗣子。她還說，對面的

山巔越來越高了，因為窮人
不起眼的祈求；山脊越來越銳了，

僅能容下她脆弱的膝蓋。你知道，
她仍然為我許下了願望。親愛的
觀音世菩薩，請和我一樣愛她。
這是我的請求，無法償還的請求。
此刻，黎明像骨折的冰塊湧入
我的窗口，「不要和幻覺做鬥爭。」
她是對的。帶著更多的羞愧，
再次，我回到了人世的悲歡之中。

2015-9

植物風景畫家

　　蟬鳴之下的南山安靜，彷彿草木都屏住了呼吸
等待天使的降臨。光線獨自剪枝，如穿針眼般精確
地灑在地面，光點沉穩，沒有像水花那樣濺開，這
亮點像我們生活的悲哀那樣清晰，像一件女童的圓
點半身裙。樹木垂直有如天賦加身，到很高的地方
才開枝丫，仰著頭，彷彿天空的偵察兵。鵝卵石是
熄滅的星辰，被蟬鳴打磨得如此光滑，苔蘚也因此
旺盛。蟬鳴其細若髮，海浪一樣固執地沖刷著我們
的耳廓，循環的。樹影搖晃像駭人的雲朵。你赤腳
踮著腳尖往風景的深處走，彷彿滿地都是主人相贈
的禮物。

2015-9（贈秦乙丹）

重慶南山半日詩

車過長江，再往南開，你就是郊區的
新天使。司機敏捷地鋪開山路的卷帙，
這幾乎讓我認定他是個捕鯨能手。
沒有人反對我們來到黃山公園納涼，
彷彿那是人群之中的死者的建議。
「這公園讓南山比重慶還要像陪都。」

如果寫史的御用文人動了惻隱之心，
「歷史就並非像仙人掌那般不可觸摸。」
我常常是一個搜集失敗的旅行者，
買門票時，我們付出的好像是對
官邸主人的敬意，而門票上印著的
好像是一本教外地遊客吃辣的祕笈。

公園異常安靜，彷彿無法消化太多
沮喪的軍情，硬朗的景色相連，
也容不下一首輓歌。薄弱的水流
幾乎斷掉，彷彿水道炙熱的手心裡
仍攥著冰塊。「山上的水幾乎都有
冰的血統。」水流引向女主人的

琴房，她曾在叛亂的時代練習抒情。
窗臺上的黃葉宛如信件，我伸手
去取，發覺彼此竟隔著一道海峽。
遠遠地看，大意是：信仰是病變的
賭注，與剝洋蔥相反，防空洞
越往內越黑，比歷史的細部還要黑。

不知是火鍋還是酒力增加了暖意，
同時減少了我們的防備，原本棲息
在樹冠上的黑暗像傘兵般躍入
我們中間把眾人分割成一座座孤島。
此時的月亮已經掛在枝頭，倒映在
水杯之中，像一顆解酒的白色藥丸。

2015-9（贈曾芳）

三十自述

我常常如同平原上一棵孤樹般沉默，
我的亂髮能感到秩序的衝擊在削弱。

手植我於泥土的母親已漸衰老，
她一生克己，還清了所有的外債。

她恪守戒律，因為愛而被掏空，
像一鼎鐘，用聲音警醒和哺育我。

我的樹蔭在盛夏時最濃，然後變淺，
但只有我的挺拔能給她持久的安慰。

每個枝丫都代表著一次分裂，
痛苦中也有炙熱的幸福衝破樹籬，

讓我有機會變成泥土、溪水、孤煙
和無限的遠景，甚至是一件樂器。

樹葉是筆墨，是紙片，也是詩篇，
它們都是從我內心迸出的火苗。

樹葉上落滿了冷卻的死灰，但沒有
喪失純真，它們將在矛盾中落下

甘心被初雪埋沒。我將在樹葉的
輪迴裡成長，我知道：是分裂的

痛苦砌成了我；只有直著伸長，
才能更早地捕獲來自天空的神諭。

有時，我也不得不向荒謬的北風低頭，
但我的膝蓋從來都像佛塔般繃得筆直。

2015-9

天使電臺

i

一部由桌椅和紙筆搭成的原始
電臺，彷彿一把單弦琴的呼吸。

愛，是它唯一的語法準則。
每個音的演奏都近似於本能，

又艱難，像絕壁上的巖羊
認真地舔食薄冰般的月光。

就好像月亮才是山野的主人
制定了如此奇絕的輪牧路線。

如你所知：天使也是聲音的
僕人，她低頭時也看見黑暗。

ii

天使電臺是探索心靈的發明，
原理是：愛是萬能的解藥。

再懸殊的緯度也不能稀釋天使
光榮的血統，它突破了險阻

只為維護聽眾心靈的避難權。
「即使一個貧血的聲音，

也能擊中主動迎前的靶心。」
這得益於詩的魅力讓你豎起

比目魚般的軀體。「不要擔心
誤解，因為思維也有其挫折。」

iii

聲音像個懸浮的氣球，被天使
拽在舌頭上。「聲波如潮汐，

給童年的記憶之龕除鏽。」
每個電臺都是幽閉的走廊，

將聲音搗碎，抵達耳蝸時
又拼成原樣。聲音被照搬，

貼近你，多麼像一次耳語。
一次如此完美的造景運動，

空氣扮演了鏡子的戲分。
「一位沒有留下腳印的信使。」

iv

在聲音的考古學學者看來，
你屋內臺燈的圓形光圈之下

就是一處聲音的遺址。
居然還帶著星辰的體溫，

「星辰曾作為電臺的中繼站，
聲音在那兒獲得了翻越山河的

勇氣。」現在，在你的落髮
之中，你定能找到聲音的細骨

和灰燼，彷彿世間的一切

幸福，無不來自天使的暗示。

2015-11

不能回避的呼吸

板橋水庫的潰爛，重病的歷史
寧願是幻境，數字鎖在機要室。

水報復了低速運轉的公社，多像
吃不飽的牲畜。堤壩衝破之後，

水是濕重的厚被子，顯得多餘。
樹棵矮小，需要再煉些鋼

來接骨。沒頂的泥屋上空，
雲像預備的黑紗。倒掉的牆，

噬人的水，都有我皮膚的顏色。
但聞不到異味，彷彿

時間之牆中嵌有防毒面具。
一九七六年駐馬店一帶的小麥

據說長得比報紙上描繪的還要
瘋狂，「像一次反哺。」

至今我不曾去過那裡，生怕土層中
冒出令我不能回避的呼吸。

2016-8

紀念日

今天，我們有不錯的天氣。
樹木鮮綠，天空蔚藍，
多像一塊碩大的布匹
晾在半空。雲朵是免費的
棉花糖，被疾風運往長江
以北住著陌生人的地方。
我的眼前，是一片赤腳的苜蓿，
它們正在瓦解，彎彎的睫毛
一點一點消失。風呼啦啦地吹，
像個沒心沒肺的孩子，
一切美好，猶如從前。
我想寫封長信與你分享
這秋天初臨的喜悅，只不過
像今天這樣般妖嬈的日子，
既不適合寫詩，也不適合
作為我們分開的紀念日。

2016-8

冰島天使二重奏

i

那是赤道附近的一座冰山浮島。
她常常在入夜以前返回那裡，
一整夜地，等待這附魔的海
吐出一艘沉底多年的潛水艇，
就好像海浪毀滅、重生的瞬間
就是宿命之中捨棄的全部儀式。
如果海真的是一封滿字的情書，
那海岸線就是信封的黏口，
冰塊砌成的弧形海堤，「嚴密得
像一份合同。」她看見波浪
不停地向海堤衝擊、打結，
「正是這局部麻醉的海分娩了
世間所有的羊群。」它們依舊
潔白，在變暗的人間顯得珍貴。
而那種激越的白，多像久別後
偶然的重逢，這偏僻的黃昏
因為羊群的誕生而雀躍起來。
那公羊的角彎卷，就好像上帝
也非全能，沒能消化掉所有浪花。

ii

海面上漂浮著盡是失效的律令，
潛水艇因為誤將別離作為壓艙物
而墜入往事的淤泥。不可翻身，
以免記憶像夢境中的雪山一樣
不在床單上留下丁點痕跡。
赤道附近的深海依然如此冰寒，
海中被俘的滿月，恰恰是你
要尋找的牧羊人。我的天使，
我知道你經常在臨近的海岸度過
夜晚。「那浪卷起刃，俯首，
彷彿報答繆斯的滋養。」
受愛的驅使，一代代羊群上岸，
和它們的祖先一起堆成冰山。
這些失職的信使，緘默的信使
不會轉告你這是幸福的黃昏，
只要你靠近我，大海就會禮貌地
退縮。你俯身聽我，搭救我，
我們屏息，就會聽見兩種頻率的
心跳，就像曾經我為你梳頭。

2017-5

風物拼圖

小長詩集

三

屏風

推窗，籠罩在問政山之上的風暴
已經成熟。雲爬升到了黑的頂點，
雨如約落下，像崩潰的皇帝
自殺用的那截不能反悔的白綾。
「世間的雨水，無不來自冰川
鬆懈。」暴雨的嘴唇裏挾著
想像的滾石，去敲響城門外的喪鐘，
「就好像雨是王儲，是痛苦的

容器。」隨即，雨的箭矢攻破了
被抽脂的城池，雲轉瞬解體。
一座縣城在一場雨中完成了
朝代的更迭。是的，每次士兵的
到來，都使得練江更髒一點；
每次君主的改姓，都加深了天井
晦暗的程度；一種對惡的忍耐
再次被低估，永恆的失落在加速，

沒有迴旋。暴雨之後的江水膨脹，
水面上沒有波紋，好像沒有人

願意淪為泡沫。環抱縣城的鯨群，
也不能細看一番。「要設法
挽留住這幅山水，讓它們在紙面
生根，即使日課般的祈禱
仍然是不夠的。」驛道被壓斷，
因為累積太多過期而腐爛的軍情。

失去首領的義軍退入七月的沼澤，
等不來的援軍誘發變質的軍心，
像瘧疾傳染開來，挫敗感引來
清軍包抄了你，必須從泥濘中
突圍，在信鴿返回夢境的岔道之前。
「雖然受縛的歙縣曾像支自度曲
讓人覺得稱心。」你將戰旗熨平，
連同亡母的靈牌，和畫卷一起

藏在祖宅的地窖裡，甚至沒有
多餘的空格塞進戰友的遺像。
「要堵實蓋板的隙縫，就像把時間
關在鐘箱裡。」自此，歙縣、亡友
和虛構的山水是你夢的三根弦。
你離開後，雲朵被囚禁、妝扮，

保守的員外躲在失節的房中假寐，
縣城被凍結，空難過後般死寂。

而隆武，不過是另一個報廢的機器。
武夷濕熱，皮膚暴露在輓歌之中，
你夜間續夢，每每迷霧裡落水
卻夠不到夢的扶手，壓抑到快不能
喘息，好像死神早已偷看了你的
底牌。剃度，大概是因為暑熱
之中的衝動，也順便退去了心靈
過高的溫度，就能消失在滿清

長長的黑名單裡。「不如在佛經裡
改造，彷彿置身一扇屏風之後。」
經文的寬容能化解箭矢的速度──
所有的拳頭變成空心的。屏風的
一側堆積了冰冷的金屬，另一側
心的孤寂在堆砌，野心被埋沒，
你放棄了禦敵。「佛經豎起來讀，
就是庇佑之屏風，助我度過沼澤的

中年。」掙扎之中，每一次擦傷
都會掀開一條陌生而痛苦的伏流，

每一枚卵石都會誤認為亡友，
「舊日在迴響。」那是一種安寧
也治癒不了的懷鄉病，你發願
要重讀山水和卵石的根，為枯萎
之成因翻案。「人是一種肉身的
衛星，繞著故土環航，向它投影。」

「武夷的每一片樹葉都像獨木舟。」
是的，類似的誤譯加劇了晦澀，
象形就是密碼，直到你的法力
能從任一枯葉中辨認出回鄉之路，
「畢竟所有的相似都包含暗示。」
一扇屏風被挪開，露出戒疤，
師父說：要在八月歸抵歙縣，
因為彼時塔投於江面的陰影最濃。

是旅舟的輕快緩和了你的病情，
航線的屏風，把山河分成兩瓣。
竹篙未落，風已備足了細浪，
將消息傳遞到兩岸，快及岸時，
又忍不住卷刃，「那麼多的
同心圓，你是旋渦之靶心。」

河道越窄，兩岸山峰的敵意也漸
消退，風景與記憶羞澀地偶合。

一種已知感在上升，好像時間
也並非連綴，好像昨日故鄉
一直賦加在身，成為意志的補丁。
你的焦慮在水的信任下緩解，
為你護航的水鷗艦隊吐出雲朵，
它夾著鄉音的潔白在河道旋轉，
它和天空之母雲以你為屏相對，
分享著同樣的表情和血緣。

船夫的竹篙，穿過水草的葉簇
向卵石打聽新近的死者名錄。
「死亡曾在五年前被切齊。」
到達漁梁時正是黎明，浪比風急，
但波浪之中飽含仁慈，顯得遲疑。
改嫁的歙縣被船夫的顫慄所撼動，
在一個生還者記憶的頂點甦醒，
晨風中，你獲得了夾雜著飢餓的

幸福。上岸之後，你已是浮世的
新人，經過幾座破損的寺廟，

幾間塌角的長亭短亭，民居空空，
像張白卷，你要避見本地的
浣水女人，不能抬頭，看見亡國
之人的臉。如果愁苦是種風俗，
那麼本地的秋天由女人的臉拼成。
「立秋過後，不可在露珠於松冠

消逝之後浣水。」通過願望的
積累，你回到了亡友中間，
在目擊過更多的屠殺之後
「死神從未缺席，但偶爾仁慈。」
你克服一種羞辱重回歙縣，
道路是全部的隱喻，全是亡友
經停之處，本地的風物默契地
輪迴像一支支箭矢將你冒犯。

而泥淖中的縣城、被霧氣翻新的
縣衙像一種酷刑，告密者早已
用情報兌換了爵位，發跡的同時
發福，四處閹割，在詩文裡捏造
隱形的監獄；而商人混血，
繼續賣鹽巴，長長的髮辮稀釋了

他們的恥辱；河道也學會了彎曲，
給更多貧窮的村莊帶去肥沃的淤泥。

披雲峰仍然是一座飽蘸綠釉的
屏風。屋簷下，一隻畫眉在用箭杆
修巢，並裝作這無關家教，
雛鳥試飛歸來，巢壁上有餘溫未散。
「每一個落日圓滿的黃昏都是
沒有缺陷的家。」你站在簷下，
在畫眉看來，你是有缺陷的人，
由於過於蕭穆，你的上肢在退化，

變成柱子。「我也曾站在那裡，
另一隻畫眉，立刻認出了我的
形骸。因為我戴的木枷太過醒目？」
山腳下，在你寄身的五明寺，
當世界普遍軟弱時，長慶塔的塔頂
卻越來越尖，「尖銳的東西不容易
被歸納。」重新面對山水之前，
你曾以為你失去了交談的能力，

持久地注視之後，山泉因你而
起伏，群山為你奔騰，鯨群般

遊走。不用誰的示意，也不必
與神攀親，你感到一種力量的重臨，
喜悅。彷彿在時間的監牢裡，
你仍可以做一個自我救贖的人質。
多年的中斷之後，竟然到處都是
山水的入門，彷彿祈禱的酬勞，

彷彿你正是山水要尋找的那面鏡子，
一位山水的編輯，它們在筆端
向你伸出求援的手，期待你去鬆綁。
松枝領受到新的覺悟，拒絕成為
灰燼，因為輪迴的完整更為誘人——
變成松煙，墨塊，置於桌角，
像台答錄機：「我手中有筆，
筆端有濃墨，我何必哭出聲來。」

入夜，待所有木魚完成自我催眠
之後，五明寺提供了一種寂靜
供你回憶，你要以身養紙，恢復
它的信念，找回它對倪雲林的
記憶，用墨建造山，用月光
教化水，去開闢屬於永恆的面積。

但所有的過程都依賴紙的靈魂，
所有的運筆都像修憲一樣慎重。

閉門千丈雪，只因月光無人打掃。
油燈難改瞌睡的惡習，所以
燈芯要搓得足夠長，以便對峙
門外的風暴，雲從門檻爬進來，
躍入鋪開的紙上定居，最終，
它會成為鶴的糧食。巨石之上，
哪些是松，哪些是柏，我已不再
分辨，即使它們從未交換過指紋。

青苔學會將山水和人間縫在一起。
如果你在研墨時加入畫眉的啼鳴，
當硯池在午夜露底，那些擊中
你的箭矢就不會受到唆使湧來，
那些追隨你流亡的黑鐵，已經融化，
從筆端溢出，變成那些黑色的，
欠光澤度的巨石。「松可以是彎的，
但松針必須是直的，因為記憶

從未停止煽動。」燈油觸底將盡時，
屋外落起了雨，雨點是實心的，

雨線卻是虛的，難以解釋的事物
還有：如果雨滴墜地的聲音不曾
匯成洪水，那麼為何我的耳道裡
滿是不可測度的淤泥。困惑耽誤了
作畫，每晚都漏畫的事物包括瓦片
之間滲進的月光、枕頭之中不幸的

湖水。白天，你繼續做紙的副手，
一個翠微中人，鬚眉都是碧綠。
為了給一塊墨添些底氣，你反復
登臨黃山，一座南北大屏風，
看四進制的山水無所畏懼地循環，
你在群山遊蕩，行使了菩薩的
部分權力，搜救誤落人間的星辰，
幫助曾經失控的它們重回軌道。

你查閱所有的路徑，每一座因遁世
而虛無高壘的山，造訪每一處
無冕的巔峰，每一處將晚霞私藏的
山谷，「黃山之谷，壟斷了天底下
最白的雲。」所有的溪水都因為
咀嚼過雪而需要奔跑來抵消顫慄。

那些浸泡在寒溪中的巨石，雨點
是它們的母親，賜予它們心跳。

雪夜，你常常剪一段雪山做僧袍，
雖然向上的臺階滿是告誡，
澀得像是按不動的琴鍵，兩側，
雪鎮壓了所有山谷。積雪的
築巢那麼精確，伏在山坳裡，
「有積雪的山像屏風之內的女人，
褪下蕾絲的引誘的裙。」「屏風
填補了想像。」溪邊，你飲下夜的

黑色脈搏。如果在夏夜，到處是
光滑的石面，這歸功於月亮
投擲的白，從石頭到石頭，山川
銀白，有的像羊，有的如馬，
好像你是牧人，抬頭就能飲星。
有時山頂平坦，像風用指尖無數次
拂過。「無論多麼委屈的心，都能
被山風撫平，就像被月亮吻過的

額頭最幸福。」夏日山谷中的溪流
有抑制不住的激情，起跑那麼白，

在拐彎處翻滾，彷彿山谷的褶皺裡
住著好動的雪猴。你站在谷底，
一列列勇士像淚從山間的虛空中
劃過，不惜碎骨，隕落之聲精確地
穿過耳道。如果訓誡的密度低於
空氣，你就能升空，撐開想像的閥門。

你在黃山、披雲峰、異鄉友人的
莊園流亡，歙縣、宣城、南京、
揚州，串起來就是囚禁一生的
念珠。「劫難的打磨，通透又純淨，
讓它更接近一座空蕩蕩的宮殿。」
直到那年夏天，你從廬山泛舟歸來，
飽含友誼的練江之上，一場
宴會的狂喜中，寒冷偷襲了你。

「是塔的濃蔭加劇了夏天的衰老。」
你知道，在傲慢的黑暗中冒險，
不可能有歸途，枯萎是唯一歸宿。
你沒有向死神哀求，因為你
仍欠順治皇帝的絞刑架一筆舊帳。
「用浴缸養魚就能打破池塘的

制度。」抵抗的後半生，像個
音符熄滅，你這山水的寵兒。

你從披雲升起，歸到群星之中。
往後，連錢塘的潮汐也懂得了
月亮的含蓄，奮力趕到披雲而止，
彷彿朝聖，一顆星星的故鄉。
鄉黨遵你的遺願，在墓旁植臘梅，
你的溫熱從雪花的臉上滾過，
加快了她的呼吸，你這飲光之人，
魂香通過梅枝散回人間。

我曾拜謁過你，不少松針落在
你的墳前拒絕時間的潦草審判。
墓碑旁還有一只金黃的橘子。
我們隔著時間的屏風面對著
用一個地名和一種近似的黑暗，
一種滿腹字句不能出口的沉默，
屏風兩側，盡是聲音的莢，
彷彿兩行詩之間多餘的注解。

2018-6（紀念漸江而作）

曳航

鄉道伸出泥濘的援手助我逃離
鐘擺的磨損，「快樂匱乏時，
山水展露它的慷慨。」淘汰了
沒有加密的郊縣風景後，泥路
像槓杆，二十多里長，才能
撬動扣押了我魂魄的硬痂。
被迫的起伏，多少包含了路的
敵意，但抖落了包裹我的焦慮。

湖灣有類似國境線般的荒蕪，
露出傷口的漁網等待著梭子
組織一次會診，風的指尖揚起
樹籬稍長的散發，也遞來
路邊沒有顧忌的腥味。天空
藍得像在撒謊，但真相是：
我衣兜裡飼養著潮濕的烏雲。
電線杆是列正在瞌睡的哨兵，

對闖入者毫無反應，「是湖堤
讓湖水免於崩潰，它是低地

崛起的邊陲，猶如緞帶。」
僅在遇到支流處留下故意的
破綻，「我也願意是條支流，
雖然它不足兩米。」黃昏是
約定的時辰，坐在廚房門檻
抽煙的漁民青五，曾在電話裡

叮囑我不要穿有破口的衣服，
也不要穿有扣洞的救生衣。
他赤膊，上身壯碩，皮膚
鍍了一層銅，「一件不褪色的
夜行衣。」多年的水上工作
讓他的抬頭紋形似波浪，
他示意我進屋，說話時羞赧，
彷彿正是他偷食了燙嘴的晚霞。

青苔以其腳趾將側翼的廚房
和正屋縫得緊密，「被炊煙
薰陶以來，聽了勸善的經，
長出新的善根。」待炊煙消散，
青五便帶著我和另外兩位漁民
下湖去，鐵皮焊成的漁筏

捕獲了我的信任，焊疤的光滑
締造了新鮮的秩序，儘管我

完全不曾熟習任何金屬的語法。
岸邊的水草舉起手，它們
是水底不語的森林，所以水
無辜得像一個含糊的謠言
等待著直率的月亮去澄清。
湖水有服輸之後的那種安定，
沒有島嶼充當視線的領袖，
兩艘並行的前船與我所搭乘的

後船用網圍成一個三角的兜。
沒有動力的後船，被動得
好比風箏。因繃直而發麻的纜繩
像鸕鷀從他的手勢裡躍入湖中。
「這地球危險的表面，因為
守湖的塔，天空才不至塌毀。」
回頭望去，夕光映在湖面上像
點著的引線般炫目；湖岸仍可辨，

一棵光枯的香樟像只螃蟹舉著
挽留的螯支起沉淪的落日，

失敗之後，是作為樹籬的木槿，
它柔韌的枝條沒有過多地抵抗。
「那一瞬間，它得到假想的
補償。」湖岸上不連綴的民居
像一副殘牙露出天真的凹口；
再遠一些，湖岸縮成一條直線，

線條之上是麻醉過度的樓群，
它們極像一茌瘖啞的韭菜。
光線合攏，船無規律地滑行，
彷彿水底有我分辨不出的迷宮。
湖心的水樸質，避開了教條的
回湧和高樓倒影的冒犯。
船尾似掛著燧石，點燃了湖水
蕾絲的彗星，「誕生即消隕。」

「現在的湖水不及從前乾淨，
嗚咽的月亮最解渴。」是夜，
月亮因為充滿激情而澄明。
她冰冷的皮膚，映在水面上
像層薄冰，鬆弛，鋪在浪尖，
也鋪在浪底，彷彿浪底是

浪尖的遺址。「波浪是魚群的
脊柱，還是星子間引力的吻痕？」

「魚群喜歡聚集到有月光的
水域，匯成一段線，形似礦脈。」
「魚群像是月光兌換來的分幣。」
每隔半小時，我們就起魚，
將魚倒入船艙，按類分揀，
「體型過小的，直接還回湖裡。」
倉裡的魚像石榴內部般緊實，
魚鱗也細密，這些都是自閉的

深淵。魚光滑的鱗片讓它們
不能堆成穀堆金字塔的模樣，
「湖水何其似稻浪，也有
其成熟的季節。」船身因為吃水
加深而減小了搖擺的幅度，
青五提醒我：背對月亮的時候，
不要被自帶的灰暗絆倒，
儘管月光不是最羞澀的扶手。

每分完一次魚，摀滅探照燈，
伸入經月亮改良的水裡洗手

感覺清涼，彷彿夏天的水
是也有骨頭的，一如細雪。
再深入，你就能感覺到溫度
在接力。後船被拖拽著前行，
兩次起魚之間，我們閒聊，
他十五歲起就下湖，精通捕魚，

也熟諳生存的哲學：「開湖季，
這兒是我的賭場，就像刮
獎券，我也曾為湖水的無私
感到羞愧；在禁漁期，我會
下湖兜風，像個巡迴牧師，
水面是我任意的教堂，又像個
幸運的藩王，既沒有暴君的
監視，又有不怕蟲蛀的封地。」

「年輕那會，我下湖從不穿上衣
現今我習慣帶點白酒下湖，
一來暖身，二來讓虛晃月亮的
假動作更逼真。」他說在水上
最放鬆，再也不想理解別的
生活方式。明年全村都要退湖

上岸，「相當於換血，給一棵
度過了盛年的樹做一次移植。」

「夢中，有時我會夢見推土機，
有時我也能調動枕畔的湖水。」
他又閉口，害怕深喉裡含著的
苦水湧出，如一只猛虎掉頭。
我意識到一種漂泊在我們之間傳遞，
越來越多的魚把我們隔開，
湖水陷入沉默，我幾乎聽見
司夜女神打盹時磨牙的聲音。

「每當珍視之物將逝時，我們
習慣倒數。」四點以後，湖水
軟得像枕頭，任憑魚堆修改
疲憊的細節。飲完最後一口酒，
黎明已經在瓶子裡完成分娩，
我們返程，將魚抬上岸——受潮的
走廊燈光同時點亮了宿醉的
湖和草尖上正在練習膨脹的露珠。

2018-11

自問自答（代跋）

問：自問自答？我真是佩服你的腦洞，有人像你這麼玩過
　　嗎？你就不能找個朋友寫個序什麼的？

答：寫評論的鬼扯的居多，有幾位我認可的上一代的評論
　　家，我沒好意思開口；我也找過兩位同輩的詩評家，他
　　們都以博士論文大限為由，拒絕了我。不過沒有關係，
　　詩會開口說話的，如果讀者的感受力在的話。

問：提醒你一下，你一開口就得罪了好多人，我真是擔心你
　　以後怎麼玩。

答：不用擔心，我說的「鬼扯的批評家」讀不到我們的對話
　　的，他們忙得很。

問：接著問，那編完這本詩集？你有什麼感受？有沒有焦慮？

答：編完整本詩集之後，沒有獲得預想的輕鬆和喜悅。至於
　　焦慮，肯定是有的，比四年前更深了一些，當你對詩歌
　　文本以及詩歌史的縱深進行深入地探索之後，你有這樣
　　的感受甚至是對你的工作的褒獎，焦慮無法避免。

問：和上一本詩集《花園長談》相比，你的詩風有沒有變化？

答：想在短期內改變詩風太難了，我的寫作基本沒有我所渴

望的那種變化，幸運的是，我的寫作沒有變壞，甚至有一點新的感悟，這些感悟都在新近的詩作中以細微的變化有所體現。

問：你的詩看起來確實缺少變化，就拿你的「詩歌長相學」來說，你的詩歌的形式變化太少了，你怎麼看？

答：這算一種偏執（自信）吧，一種對美的篤定，不過沒有這份偏執是無法寫出好詩的。詩本來就可以理解為一種獨斷，神祕而本能。

問：你這幾年寫得沒有以前多了？是出於什麼考慮？

答：寫作困難啊，前面的路都被人踩踏到光滑如鏡了，我怎麼好意思跟著他們走。我本不是什麼蘭波（Arthur Rimbaud）、海子那樣的天才，所以必須學習、細分、探索一條可能的路走下去。我深刻地感受到寫作之難、存在之難（這至少說明我尚且清醒），我也自行解答了我初學詩時期的一個困惑，為什麼很多詩人（尤其是漢語詩人）進入中年之後走下坡路，寫作難以為繼以至於中斷，現在看來，要是沒有那麼點的勇氣（犧牲）真的會隨時中斷詩歌寫作，我想我不會中斷我的寫作，因為寫詩是我唯一的事業。

問：完成這本詩集後，有什麼寫作計畫？

答：我的計畫就是在寫作上投入多一點時間，寫得多不多要

看機緣，寫作方向上也不大可能有很大改變，會嘗試著去寫點混合文體的文本，一種接近詩劇的文本。這本詩集中的《屏風》一詩最開始就是想成寫詩劇的，後來沒有寫下去，就改成如今的模樣。如果主題合適，我會寫幾首200行以上的詩，這種寫作體驗很獨特。

問：有沒有要和你的潛在讀者說幾句？
答：我的讀者群和我的師友圈高度重合，我相信他們都是合格的讀者，感謝他們，他們一直關心我的生活和我的寫作。我會繼續寫下去的。

問：有沒有什麼別的要說的？
答：沒了，畢竟浪費紙張是可恥的。

讀詩人120　PG2213

 風物拼圖

作　　者	葉　丹
責任編輯	陳慈蓉
圖文排版	莊皓云
封面設計	葉　丹
封面完稿	楊廣榕

出版策劃	釀出版
製作發行	秀威資訊科技股份有限公司
	114 台北市內湖區瑞光路76巷65號1樓
	電話：+886-2-2796-3638　傳真：+886-2-2796-1377
	服務信箱：service@showwe.com.tw
	http://www.showwe.com.tw
郵政劃撥	19563868　戶名：秀威資訊科技股份有限公司
展售門市	國家書店【松江門市】
	104 台北市中山區松江路209號1樓
	電話：+886-2-2518-0207　傳真：+886-2-2518-0778
網路訂購	秀威網路書店：https://store.showwe.tw
	國家網路書店：https://www.govbooks.com.tw
法律顧問	毛國樑　律師
總 經 銷	聯合發行股份有限公司
	231新北市新店區寶橋路235巷6弄6號4F
	電話：+886-2-2917-8022　傳真：+886-2-2915-6275

出版日期	2019年5月　BOD一版
定 　 價	200元

國家圖書館出版品預行編目

風物拼圖 / 葉丹著. -- 一版. -- 臺北市 : 釀出版, 2019.05
　　面；　公分. -- (讀詩人 ; 120)
　　BOD版
　　ISBN 978-986-445-325-2(平裝)

851.487　　　　　　　　　　　　　　108005244

讀 者 回 函 卡

感謝您購買本書,為提升服務品質,請填妥以下資料,將讀者回函卡直接寄回或傳真本公司,收到您的寶貴意見後,我們會收藏記錄及檢討,謝謝!
如您需要了解本公司最新出版書目、購書優惠或企劃活動,歡迎您上網查詢或下載相關資料:http:// www.showwe.com.tw

您購買的書名:_____

出生日期:_____年_____月_____日

學歷:□高中 (含) 以下　　□大專　　□研究所 (含) 以上

職業:□製造業　□金融業　□資訊業　□軍警　□傳播業　□自由業
　　　□服務業　□公務員　□教職　　□學生　□家管　□其它____

購書地點:□網路書店　□實體書店　□書展　□郵購　□贈閱　□其他

您從何得知本書的消息?

　　□網路書店　□實體書店　□網路搜尋　□電子報　□書訊　□雜誌
　　□傳播媒體　□親友推薦　□網站推薦　□部落格　□其他_____

您對本書的評價:(請填代號　1.非常滿意　2.滿意　3.尚可　4.再改進)

　　封面設計____　版面編排____　內容____　文/譯筆____　價格____

讀完書後您覺得:

　　□很有收穫　□有收穫　□收穫不多　□沒收穫

對我們的建議:_____

_____

_____

_____

11466
台北市內湖區瑞光路 76 巷 65 號 1 樓

秀威資訊科技股份有限公司　　　收

BOD 數位出版事業部

....

（請沿線對折寄回，謝謝！）

姓　　名：＿＿＿＿＿＿＿＿＿　　年齡：＿＿＿＿　　性別：□女　□男

郵遞區號：□□□□□

地　　址：＿＿＿＿＿＿＿＿＿＿＿＿＿＿＿＿＿＿＿＿

聯絡電話：(日) ＿＿＿＿＿＿＿＿＿＿　(夜) ＿＿＿＿＿＿＿＿＿＿

E-mail：＿＿＿＿＿＿＿＿＿＿＿＿＿＿＿＿＿＿＿